삶이 왜라고 물을 때 나는 시를 쓴다

강사라

내 삶은 왜 이럴까?
세상은 공평한가?
희망은 과연 있는 것일까?

나에게 시를 쓰는 것은 이런 내면의 질문에 답해 가는 것이다. 내가 갖게 된 감정에 대해 그 근원을 찾아 가는 것이며 나와 타인과 세상에 대한 위로와 희망을 만들어 가는 것이다.

모든 사람의 마음 속에는 시가 숨어 있다.
그리고 삶의 모든 순간은 시가 될 수 있다.

낯선 땅, 낯선 문화에서 이민자의 삶은 약자에 대해 생각하게 되는 계기가 되었다.
우리는 누구나 스스로 선택한 것은 아니지만 불운한 정서적 경험이나 갑작스런 질병, 사고, 예상치 못한 실직뿐만 아니라 펜데믹이나 경제위기 등의 거대한 사회적 시대적 변화에 의해서 독립적인 삶을 유지하기 힘든 환경에 처할 수 있다.
그럴 때 시가 가장 먼저 나를 위한 위로가 되었으면 좋겠다.
삶에서 겪는 다양한 감정들을 시로써 증류해 냄으로 세상이 좀 더 아름답고 따뜻해지기를 기원해 본다.

시가 전하는
따뜻한 차 한 잔
같은 위로

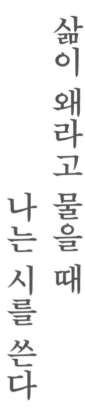

삶이 왜라고 물을 때
나는 시를 쓴다

강사라 지음

목차

희망 만들기

우리라는 이름의 연대

기억의 선물상자

인생이라는 이름의 풍경

서문

고통의 시대를 살아가다

이 시대에 대해 어떤 이들은 AI를 통한 테크노피아를 꿈꾸기도 하지만 나는 이 시대가 고통의 시대라고 생각한다.

기후변화로 인한 극심한 가뭄, 홍수, 대형 산불, 토네이도와 지진 등으로 어떤 이들은 사랑하는 가족과 삶의 터전을 한꺼번에 잃어버리기도 한다. 정치적·경제적 이유로 목숨을 걸고 고향을 등지는 난민 행렬들이 증가하고, 뉴스에는 인간성을 상실한 듯한 사건 사고들이 연일 오르내린다. 최근에 겪은 팬데믹과 러시아-우크라이나 전쟁, 이스라엘-팔레스타인 전쟁 등은 재난의 참혹함과 인간의 무력함을 깨닫게 한다.

그 사건들의 주인공이 된 사람들을 생각하면 가슴이 먹먹해진다. 그리고 '나도 같이 울었다'라고 밖에 할 말이 없다.

과연 오늘날만큼 도덕적인 가치관이 땅에 떨어지고 생명에 대한 존중, 진리와 자유 평등 등 인류 보편의 가치관이 외면된 적이 있는가 하는 의문이 든다. 선과 미덕이 장려되고 인간 존재에 대한 탐구와 발전을 추구하는 정신적인 문명에서, 물질과 기계, 디지털 기술 문명으로 급격하게 바뀌고 있다.

우리는 과연 어떤 미래를 향해 나아가고 있는 것일까? 어떤 개인이나 국가도 지구촌이란 환경을 벗어날 수 없는 만큼, 이제는 나를 포함한 타인과 사회와 세상의 고통에 관심을 가져 보자. 그렇지 않으면 우리는 어느 날 갑자기 도둑맞은 미래와 마주치게 될지도 모른다.

우리는 또한 저마다의 고통을 안고 살아가고 있다.

갖은 노력 끝에 대학을 졸업하고 직장을 찾아보지만, 배운 지식과 기술이 이미 옛 것이 되어 별 도움이 되지 않거나, 마땅한 일을 찾지 못하고 소위 백수가 된 청년들은 미래에 대해 얼마만큼의 암담함을 느끼고 있을까? 이전 세대들은 아무리 힘들어도 노력한 만큼 미래를 보상받을 수 있었다.

그러나 오늘날의 젊은이들에게는 그것은 꿈같은 이야기이다. 현실과 이상 사이의 괴리 가운데 N잡러라는 신조어가 탄생하고 평생직장이란 개념이 사라진 지 오래다. 언제 구조조정의 칼바람이 내리칠지 모르는 상황이다. 오늘 평온하게 일터로 나아가고 또 해가 져서 돌아오면 그것으로 감사해야 한다.

그럼에도 불구하고 우리는 삶의 전쟁터에서 입은 각자의 상처들이 있다.

역경과 상처들은 모두 나쁜 것일까?
만약 할 수만 있다면 그것들을 모두 피해 가리라……
그러나 마음대로 되지 않는 것이 인생이지 않은가?

나는 희망은 찾는 것이 아니라 만드는 것이라고 말하고 싶다. 날마다 다른 이들에게 작은 친절을 선물할 때(그것은 작은 미소일 수도 있고 배려일 수도 있고 따뜻한 말 한마디 같은 것일 수도 있다.) 어느 날 각양 각색의 꽃들로 가득한 아름다운 정원을 보게 될 것을 믿는다.

희망을 만들 힘조차 남아 있지 않다면 하나님께서 나의 삶을 축복해 주시기를 기도해보자.

고통은 과연 나와는 먼 주제인가?
혹은 고통은 터부시되어야 하는 것인가?
타인의 고통은 나에게 무슨 의미가 있는 것일까?
사회와 세상의 고통은 나와는 정말 아무런 상관이 없는 것
일까?

우리가 타인 혹은 사회와 세상의 고통에 대해 외면하지 말
아야 하는 이유는, 그것이 언젠가 나의 것이 될 수도 있기 때
문이다. 평안함은 고통받는 자들을 돕고 위로하라고 주어졌
는지도 모른다. 고통의 깊이만큼 감사함과 행복을 느낄 수
있는 것은, 우리가 당연하게 생각하고 누리던 것이 사실은
선물이었다는 것을 깨닫게 되기 때문이다. 우리가 당연히 보
고 듣고 걷는 것도 어떤 이에게는 그토록 바라던 소원일 수
있다.

봄, 여름, 가을, 겨울, 때를 따라 변하는 사계절이나 생명의
유지와 열매를 위한 산소와 적절한 햇빛, 비, 바람 모두 선물
인 것이다. 그렇게 보면 생명을 유지하기 위해 반드시 필요

한 것들은 모두 공짜로 주어졌다는 것을 알 수 있다.

고통을 느끼지 못하거나 표현할 수 없다면 어떻게 될까? 그런 개인이나 사회는 필히 병들 수밖에 없다. 고통이 우리에게 이상이 있음을 알려 주는데도 계속해서 외면하면 필경 최초의 것보다 더 큰 대가를 치르거나 돌이킬 수 없는 지경에 이를 수도 있다.

고통 가운데에서도 세상과 타인에 대한 관심을 버리지 말아야 할 이유는 자기 연민에 빠져 스스로 함몰되지 않기 위해서이다. 그리할 때 고통은 나를 성장시키고 세상을 이롭게 만드는 자양분이 될 것이다.

고통의 또 다른 얼굴,
공감과 성장

깊은 슬픔 (Alium)

이처럼 아름다운 슬픔을 보았는가
이처럼 찬란한 슬픔을 보았는가

수많은 눈물 방울이
하나하나 꽃잎이 되어 피어난다

깊은 슬픔은 사람을 존재의 근원에
가장 가깝게 다가가도록 한다
존재의 근원에 계신 하나님께서
너의 눈물을 받으시고 위로하시는구나

잿빛 고통이
찬란한 별빛이 되어 온 세상에 빛날 때
어두운 밤길을 헤매는 누군가에게는
집으로 인도하는 등불이 된다

그대의 눈물
꽃이 되고
그대의 고통
찬란한 별빛이 되기를

눈물은 영혼의 치료제
고통은 한 번도 만난 적이 없는 이를
사랑하게 만드는 사랑의 묘약

한 번도 표현되지 않은 고통은
결코 회복될 수 없는 상처
그대의 상처를 말하세요
더 이상 끄집어낼 것이 없을 때까지
눈물도 말라 나오지 않을 때까지
존재의 근원에 계신 이에게 닿을 때까지

그리하여
찬란한 꽃 한 송이 세상에 피기까지

나의 마음　　🌼　🌼　🌼　　받아 적기

▶ **추천영상**

- [스탠바이미] '폴란드로 간 아이들' 추상미 감독 / YTN

▶ **추천음악**

- Wandering Soul - Asher Fulero

벽

사방이 막힌 것 같아도 그대 낙심하지 말아요
벽을 부수려 지나치게 애쓰지 않아도 좋아요
벽에서 눈을 떼 하늘을 보면
위로부터…
빛이 들어오고 있어요
벽 위에 서서 아래를 바라보면
알게 될 거예요
당신이 갇혔던 그곳이 실은
너무 작은 상자에 불과했다는 것을

땅에 있는 길은 서로 만나기도 하고 헤어지기도 하면서 미로
와 같이 얽혀 있지만
하늘로 난 길은 언제나 단순하며 진실하게 일관되어 있어요
모든 것을 정면 돌파할 필요는 없어요
때로는 돌아가기도 하고 피하기도 해야 하는 어쩔 수 없는 경
우도 있어요

우리 중 누구도 완벽하지 않다는 것을 인정해야만 해요
당신도 알 거예요 당신 속에 있는 연약함과 상처와 한계들을
타인도 마찬가지예요
물론 그들 중에는 무례하고 타인에게 고통을 주는 것을 아무
렇지 않게 생각하며 악한 것을 계획하고 모의하는 하이에나
와 같은 자들도 있어요
하이에나에게는 등을 보여서는 안 돼요

그대, 벽을 부수려 그대의 모든 에너지를 다 허비하지 말아요
스스로 한계를 긋는 생각들을 멈추고 마음의 눈을 떠 보아요
그리고 믿음으로 하늘을 보세요
당신은 벽을 넘어서 또 다른 세상으로 갈 수 있어요

벽 너머에는 또
다른 세상이 기다리고 있다는 것을 기억하세요

모든 벽들은 돌파해야만 하는 것일까? 만약 그럴만한 가치가 있고 당신이 충분한 에너지와 시간이 있다면 그렇게 해도 무방하리라. 그렇지 않다면 나는 아니라고 말하고 싶다.

우리는 언제부터인가 극복을 강요받는 삶을 살고 있다. 무엇을 위한, 누구를 위한 극복인가 생각해 보아야 한다. 또 그 극복이 상처뿐인 승리라면 과연 그것을 진정한 승리라고 할 수 있을까? 많은 사람들이 극복의 한계에 갇혀 삶이 망가지거나 안타깝게도 극단적인 선택을 하기도 한다.

인생의 길이 한 가지만 있는 것이 아닌데… 왜 우리는 모두가 같은 길을 가기라도 해야 하는 듯 스스로에게 혹은 타인에게까지 극복을 강요하는 것일까? 왜 다른 가능성들을 찾아보지 못하는 것일까? 인생에서 막다른 길을 만난다면 어쩌면 다른 길을 찾으라는 신호일지도 모른다.

마음이 답답할 때마다 시원한 바람을 쐬며 하늘을 바라보는 습관이 생겼다. 처음에는 그것이 늘 바라보던 익숙한 풍경이었는데 언제부터인가 하늘을 바라보노라면 알 수 없는 감동이 생기고 복잡하고 답답하던 마음이 편안해졌다.

하늘 아래 세상은 생각보다 작다. 집들은 조그만 상자 같고 빌딩들도 장난감 블록 같다. 도시의 도로들도 여기저기 뻗어 나고 갈라진 미로와 같이 보인다. 세상은 그런 곳이다. 벽에서 눈을 떼 위에서부터 그것을 바라보는 것만으로도 어쩌면 우리 앞의 벽은 힘을 잃어버릴 수도 있다.

▶ **추천음악**

- 혼자 걷지 않을 거예요 - 예람워십

천사의 방

천사는 돌이 수시로 날아드는 세상에서 비행을 해야 했습니다
그러던 어느 날, 규정을 위반한 큰 돌에 맞아 땅에 떨어졌습
니다
떨어질 때의 충격과 다친 날개로
언제 돌이 날아들지 모른다는 두려움과 트라우마에 시달리
게 되었습니다

천사는 상처를 아무에게도 드러낼 수가 없어서 방문을 걸어
잠갔습니다
그 방은 망각의 방
　　　무감각의 방
　　　단절의 방이었습니다

천사는 외롭지 않을까요?
천사는 다시 상처받기보다 외로움을 택했을 뿐입니다
천사가 쌓은 쓰레기들은 다시 그를

방안보다 더 좁은 협곡으로 밀어냅니다
자기비하 자기혐오 자학과 자해의 골짜기로

세월이 흘러도 상처는 돌고 돌아 제자리일 뿐이었습니다
그제서야 천사는 무엇인가 잘못되었다는 것을 깨닫게 되었습
니다
그 방은 잠깐 동안의 피난처는 되었지만 결코 마음의 상처와
다친 날개를 치료할 수는 없다는 것을

천사는 두려워졌습니다
내가 다시 날 수 있을까
제대로 날지도 못하는 나는 천사가 맞을까

괜찮아, 돌에 맞은 것은 네 잘못이 아니잖아
너는 그동안 수많은 돌들 사이에서 비행하느라 수고했잖아
그때 너무 힘들었던 거야
너를 돌아볼 시간이 필요했던 거지
스스로를 낙인찍는 것은 이제 그만둬
그게 바로 네 날개를 묶어두는 사슬이니까
너만 그런 게 아냐

너의 마음속에 감춰둔 열쇠로 방안을 나와서
이제 다시 날개를 펴는 연습을 해보자
날개가 굳어져서 한 번 만에 잘 되지 않을 수도 있어
그러나 네가 포기하지 않는다면
조금씩 더 오래, 더 멀리 날 수 있게 될 거야

하늘을 바라봐
너만의 꿈을 다시 그리는 거야
푸른 하늘 저 높이

생존에 필요한 최소한의 활동은 꼭 유지되어야 한다. 사람의 신체도 사용하지 않으면 퇴화하듯이 사회적인 기능도 그렇게 되기 때문이다. 습관은 제2의 나를 만들 수도 있다.

쓰레기를 제때에 버리고(쓰레기는 또 다른 고립과 정서적인 어려움을 만든다) 미용, 샤워 등으로 단정한 외모를 유지함으로써 자신을 사랑하고 건강을 위해 규칙적인 생활을 하는 것(제시간에 일어나고 잠들고 식사하는 것, 건강한 식사를 하는 것) 그리고 하루에 한 번이라도 현실의 사람을 마주치고 산책을 하는 것(현실감각을 유지하고 사회에 대한 두려움을 만들지 않기 위해) 등일 것이다. 이것은 모든 사람에게 적용될 건강한 삶의 조건이기도 하다.

SNS에는 많은 말들이 있지만 그 말에 대한 책임은 아무도 져줄 수 없다. 선택에 대한 결과는 오롯이 자신의 몫이다. 그러므로 너무 감성적으로 치우치지 않는 것도 중요하고 자신의 상태에 맞게 적용하는 것도 중요하다.

은둔에도 스펙트럼이 있어 다양한 원인과 상태가 있다고 한다. 또 그 기간이 길수록 힘들어지기 때문에 스스로 해결해야 한다는 생각에서 벗어나 전문가와 단체의 조언과 도움을 구하는 것이 좋다.

▶ 추천영상

- 히키코모리가 사람과 대화할 때 불편했던 의외의 것 | ASKED | Ep.02 은둔형외톨이 청년의 이야기
- 달그릇 '나는 은둔청년입니다' 1부 _홀로
- 달그릇 '나는 은둔청년입니다' 2부_함께
- '은둔 고수'인 지금의 내가 5년 동안 은둔형 외톨이었던 나에게
- 이건 연극이 아니라 우리가 겪은 실화입니다 / 비디오머그
- 9년 은둔 고립 생활에도 내가 무너지지 않은 이유
- 나라를 지켜야 하는 군인이 조울병에 걸렸을 때

▶ 추천음악

- You don't have to be a star
  (별이 되지 않아도 돼) - 109

- Butterfly - 러브홀릭스(Loveholics)

길가에 핀 꽃 한 송이

아름다움은 그것의 필요나 가치를 알아주지 않아도
그 자체로 존재 의미를 가지고 있어요

진정한 존재는 그 속에 있어요

길가에 핀 꽃들도 다 제각기 모양과 빛깔을 가지고 있다.

너무 작아서, 혹은 길가에 아무렇게나 피어 있어서 눈에 띄지 않을 뿐이다.

모든 복제와 반복 인위적인 것은 권태와 피곤을 유발한다.

그러나 길에서 우연히 마주치는 꽃에는 저마다의 사연이 있어 보인다.

인생처럼 뜨거운 태양과 비바람을 꿋꿋이 견딘 길가의 꽃들은 그래서 감동을 주는지도 모른다.

폭우
– 하염없이 흐르는 눈물은 막을 수 없다

하염없이 흐르는 눈물을
사람이 막을 수는 없는 것입니다

이별은 우리에게 공정하지 않았습니다
언제라고 통보해 주지 않았고
무엇 때문이라고 말해주지 않았습니다

장마철에 천창이 뚫린 것처럼
쏟아지는 비를 어찌할 수 없듯이
마음속의 천창이 뚫린 것도
막을 수가 없습니다

눈물은 슬픔을 씻어 내리기 위함입니다
속에서 곪지 않도록
더 큰 병이 되지 않도록

눈물 속에서 못다 한 사랑의 말을 전합니다
함께 해준 시간 감사했다고
미처 못해준 것 미안하다고
당신은 우리에게 소중한 사람이었고
지금 이 순간 사무치게 그리운 사람이며
사는 날 동안 내내 잊히지 않을 사람입니다
당연히 알고 있겠지 생각했고 혹은 쑥스러워서 해 주지 못했
던 말을 이제야 전합니다

사랑해요

이처럼 큰 슬픔 앞에
누가 누구를 위로할 수 있을까요
그냥 두 손을 잡고 함께 눈물을 흘리는 것 외에는
그럼에도 불구하고 한마디를 허락해 준다면
이렇게 말하고 싶습니다
먼저 떠난 그이가 당신에게 가장 바라는 것은
당신의 행복이라는 것을요

장마철에는 많은 비가 내립니다
하늘도 애도 기간인가 봅니다

그러나 기나긴 장마가 끝나고 나면
눈물로 씻어낸 파란 하늘이 나타나고
찬란한 햇빛이 비치듯이
눈물도 언젠가는 그치고
슬픔도 스스로 아물어질 것입니다

우리는 언젠가 이별이 없는 세상에서 다시 만날 것입니다

올리비아를 위하여

나는 당신에게 어떤 위로의 말을 해야 할지 모르겠습니다
당신에게 닥친 고통과 슬픔이 너무 크기 때문에
그냥 평범한 일상을 살아온 나로서는
할 말이 없습니다
섣부른 위로의 말도 할 수 없는 것이
행여나 그것이 당신에게 또 다른 상처가 되지 않을까
조심스러운 마음 때문입니다

태어나면서부터 열악한 환경 가운데 처한 사람들도 있지만
우리들 대부분은 벼락이 치듯 어느 날 갑자기 닥친 불행 앞에
속수무책으로 당할 수밖에 없습니다
왜 나에게 이런 일이……
무엇 때문에……
이런 질문은 우리 앞에 닥친 큰 슬픔에 아무런 도움이 되지
않습니다
이미 일어난 일을 되돌릴 수 없다면 말입니다

나는 당신에게 조용하고 따뜻한 무언의 위로를 전하고 싶습니다
당신에게 필요한 것이 있다면 챙겨 주면서 말입니다
그리고 기도합니다
당신의 마음 가운데 세상이 줄 수 없는 하나님의 큰 위로와 평안이 있기를
성실과 진실로써 쌓아 온 당신의 삶에 복에 복을 더하여 주시기를

기도합니다

어쩌면 당신은 많은 날 동안 눈물을 흘릴지도 모릅니다
그 눈물의 아픔을 누가 온전히 공감해 줄 수 있을까요?

나는 당신이 너무 슬퍼하고만 있지는 말았으면 합니다
눈을 들어 광활한 하늘을 바라보고 길 가에 피어있는 작은 꽃

들을 보면서 미소 짓기를 바랍니다

그것은 하나님께서 세상 모든 자에게 베푸시는 차별이 없는
은혜이기 때문입니다

그리고 그 속에서 당신에게 주시는 특별한 위로를 받으시기
바랍니다

 추천음악

· Nocturne - Asher Fulero

Words

1.
때로는 진심이 담기지 않은 일상적인 인사, 가벼운 말들이 편하다
왜냐하면 진심은 너무 뜨겁기 때문이다
진심이 담긴 말은 때로 너무 부담스럽게 날것이거나 원색적이다

각자의 삶과 개성만큼 다양한 형태와 느낌을 주는 이것들은
홍수가 되어 세상에 떠돌아다닌다
누군가의 감정의 배출구가 되어 다른 이를 오염시키기도 하고
누군가의 가슴에는 비수가 되어 상처를 남기기도 한다

너무 뜨겁지도 차갑지도 않은 말을 하자
그대의 진심은 그것을 알아주는 사람에게만

2.

때로 진실이 아닌 것을 말해야 하는 이는 많은 말을 해야 하고
더 화려하게 치장하고 달콤하게 유혹해야 할는지도 모른다

가장 진실한 말은 행동이고 삶인지 모른다
심지어 사람은 행동으로도 거짓말을 할 수 있다
그러나 수만 가지의 행동이 쌓인 삶은 거짓말을 할 수가 없다

문자나 음성만이 아니라 행동이 되는 말이 그립다

3.

때로는 침묵의 시간을 가져 보자

아무 생각 없이 습관적으로 내뱉는 나의 말들이
말의 홍수에 떠돌아다니며 언어의 공해를 이루는 파편은 아닌지
듣는 이와 나를 다 함께 병들게 하고 죽이는 독은 아닌지

생각해 보자
나의 말의 근원을
생각의 근원을

4.

만약 우리 마음이 투명하게 비쳐진다면 더 이상 말이 필요 없는 것일까?
가끔은 꿈꿔 본다 그런 세상을
더 이상 말로 인해 오해가 없는 세상을
그러나 이내 부질없는 생각임을 깨닫게 된다

우리 마음은 깊은 바다와 같아서 감정의 파도가 가라앉기 전까지 아무도 그 속 깊은 진실을 알 수가 없다
아니, 어쩌면 때때로 마음속에 몰아치는 풍랑이 잠잠해지기까지 말이라는 표현의 산물을 위해 침묵과 숙성의 시간이 더 필요한지도 모른다

흐린 날

울고 싶은데 눈물이 나지 않는 것은
먹구름이 잔뜩 낀 하늘에
비가 내리지 않는 것과 같다

흐린 날에는
접어둔 기억들이
미루어둔 그리움들이 살아난다

만약
사람들의 눈물이 하늘에 모여
비가 되는 것이라면

나는
오늘
울고 싶다

알 수 없는 것

낮아지지 않으면
볼 수 없는 것이 있다

아파보지 않으면
느낄 수 없는 것이 있다

연약해지지 않으면
알 수 없는 것이 있다

버리지 않으면
얻을 수 없는 것이 있다

믿지 않으면
체험할 수 없는 세계가 있다

아마도 우리는 우리가 알 수 없는 것이 있고

연약한 존재라는 것을 인정하는 데서부터

성장할 수 있는지도 모른다

나의 마음 ——————————— 받아 적기

내 마음이 강이라면
– 언젠가, 어디선가…

내 마음이 강이라면
말 없는 위로처럼 조용히 흘러 흘러
당신에게 가고 싶습니다

내 마음이 바다라면
하얀 폭죽 터트리는 경쾌한 파도가 되어
당신에게 달려가고 싶습니다

내 마음이 바람이라면
겨우내 얼어붙은 땅 녹이는 온화한 봄바람이 되어
당신에게 도착하고 싶습니다

내 마음이 호수라면
푸르고 맑은 꿈을 담은 은빛 물결이 되어
당신을 만나고 싶습니다

내 마음이 비라면
메마른 땅을 적시는 단비가 되어
당신에게 기쁜 소식을 전하고 싶습니다

나무는 흔들리며 나무가 된다

한 번도 흔들린 적이 없다면
어쩌면 나의 편협함과 고집스러움 나태함을 드러내는 것
일 수도 있다

정확하다는 말은 때로 무서운 말일 수 있다
너의 정확함이 진실이 아니고 사실이라면
너의 마음에서 비롯된 illusion이라면
나의 실수와 잘못을 한 치의 오차도 없이 계산하고
그것을 결코 덮어주거나 용서해 주지 않는다면

나의 실수를 때로는 모르는 척 넘어가 주고 그것을 잊어버릴
줄 아는 너의 선택적 기억력과 망각 혹은 배려에 마음이 편해
지는 이유는 무엇일까?
실수와 망각의 가지를 뻗어 보자
실수를 통해 연약함을 깨닫고 망각을 통해 새로운 것을 받아
들일 수 있다면 수많은 감정과 경험은 성장의 자양분이 될 것
이다

잎들은 떨어진다
사색하는 가을과
홀로 서는 겨울과
새로운 시작의 봄과
눈부신 여름을 향해

나는 오늘도 흔들린다
옳은 것과 선한 것 사이에서
흔들리며 제 자리를 찾고
깊이 뿌리내리는 힘을 기른다

비가 내린다

여름 우기 내내 비가 내렸지만
일상의 분주함과 무게로 가득했던 나는
비가 내리는 것을 보지 못했고 듣지 못했다

빗소리는
묵은 찌꺼기를 씻어 내리는 듯 후련하고 경쾌하며 청명하다
혹은 작은 돌들을 감싸고 흐르는 냇물처럼 매끄럽다
빗방울이 땅에 떨어질 때 나는 음은 모든 메마른 것들을 치료
하는 소리다

비가 들려 주는 노래가 이처럼 다양하고 섬세했던가?

나는 바보다
비가 들려주는 천연의 음악마저도 감상하지 못했다
한 줌 마음에 갇혀 살면 세상도 한 줌이 되고
대자연이 연주하는 오케스트라의 소리를 들으면 내 마음도

자연과 같아진다

비는 바람을 타고 춤춘다
낮은 바닥에 떨어져도 깨어지지 않고
넓게 넓게 동그라미를 그린다
흘러 흘러 바다로 간다

오래된 풍경

오래된 풍경은 정이 든다
싫은 것도 미운 것도 다 색이 바래고 측은함만이 남는다
그 치열했던 감정의 생존터에는 따뜻한 기운이 감돌기 시작
한다

오래된 풍경은 낯설다
수없이 지나치던 그 거리는 때로 낯익은 타인이 된다
의미 없던 습관이 몸짓이 되어 오가던 그곳은 시간이 모래시
계처럼 반복된다

오래된 풍경은 상처 같다
딱딱하게 굳어버린 껍질 아래로 세포가 끊임없이 생명 활동
을 하고 있다
비관과 원망 같은 불순물들은 제거해 버리고 아닌 척 괜찮은
척할 필요도 애써 설명할 필요도 없다

오래된 풍경은 낯설다
수없이 지나치던
그 거리는 때로 낯익은 타인이 된다
의미 없던 습관이 몸짓이 되어 오가던
그곳은 시간이 모래시계처럼 반복된다

나의 마음 받아 적기

달력을 넘기며

하루 이틀
한 주 두 주
한 달 두 달
봄 여름 가을 겨울

세월을 넘긴다

나는 아직 여기에 있는데 너는 저만치 앞서 있다
너는 결코 쉬는 법이 없다
내가 뒤처져 있다고 느끼는 이유는
그간 자신을 돌보지 않았기 때문인지도 모른다

인생은 씨실과 날실의 교차가 만드는 단 하나의 직물
네가 내 앞에 서 있다는 것은
이제 나를 돌아볼 시간이라는 의미

달력을 넘기며
세월을 넘긴다

아팠던 나를 넘긴다

희망 만들기

희망 만들기
– 희망에 관한 글 모음

희망을 찾고 있나요?
희망을 찾지 마세요.

1 희망은 찾으려고 하면 수시로 모습을 바꾸지만
   희망을 만드는 것은 기적으로 올라가는 계단을 쌓는 것이다.
2 희망은 식물과 같아서 행동의 물을 주고 수고와 인내의 양
   분으로 돌보면 언젠가 그 열매를 보게 된다.
3 희망과 절망은 동전의 양면과 같다.
   선택은 당신의 몫이다.
4 희망은 믿는 자에게 마침내 그 모습을 드러낸다.
5 일찍 책장을 덮지 말라. 삶의 다음 페이지에서 또 다른 멋
   진 나를 발견할 테니 –시드니 셸던–
6 누구나 마음속에 생각의 보석을 지니고 있다. 다만 캐내지
   않아 잠들어 있을 뿐이다. –이어령–
7 희망은 볼 수 없는 것을 보게 만들고 만질 수 없는 것을 느
   끼게 하고 불가능한 것을 가능하게 한다.

8 간절함이 모이면 희망이 되고 희망이 모이면 기적이 된다.

9 세상의 중요한 업적 중 대부분은 희망이 보이지 않는 상황
  에서도 끊임없이 도전한 사람들이 이룬다.

10 큰 희망이 큰 사람을 만든다.

11 현실적으로 실현 불가능해 보이는 일을 이루는 것은 끝까
  지 최선을 다하는 것이다.

12 100% 자신을 목표에 올인하라. 그리고 끊임없이 전진하라.
  그러면 때때로 놀라운 기적을 보게 될 것이다.

13 만약 당신이 아무리 봐도 희망이 보이지 않고 또 스스로
  희망을 만들 힘이 없다면
  하나님께서 나의 삶을 축복해 주시도록 기도해보자.
  그리고 다른 사람들에게 날마다 작은 친절을 선물해보자.
  그것들은 희망의 씨앗이 되어 곳곳에서 싹을 트이고
  꽃을 피우고 열매를 맺어서 아름다운 정원을 만들 것이다.

희망을 찾고 있나요? 아니면 희망을 만들고 있나요?
당신의 희망을 스스로 만드세요.

희망은 찾는 것이 아니라 만드는 것이다

세상을 여는 창

사람은 세상을 여는 창이다
열린 창이 많으면 보다 넓은 세상과 소통할 수 있다

혼자서 할 수 있는 일은 너무나 제한적이다
아무리 좋은 생각도 실천해 보기 전에는 알 수 없다

한 걸음이라도 발을 떼야 출발할 수 있다
출발이 성공적이지 않아도 좋다
어린아이의 걸음은 연습으로 완전해지기 때문이다

당신의 창은 안녕한가요?

나의 마음

받아 적기

씨앗의 노래

내가 세상에 뿌려질 때
당신은 단 하나뿐인 이름을 주셨습니다

어두운 땅 속에 있을 때
나 자신이 누구인지
왜 이곳에 있는지
알 수 없었습니다

나는 많은 눈물을 마셨고
단단한 껍질을 벗고 나왔고
맨발로 차가운 흙 속에 서야 했습니다

그래도 나는 포기하지 않았죠

언젠가 세상에
아름답게 피어나는 꽃이 되기를

유익한 양식이 되기를
위로와 쉼을 주는 시원한 그늘이 되기를
바랬어요

보세요! 나는 나의 꿈대로 자라났어요

한 번도 가지 않은 길

나는 이제 한 번도 가지 않은 길을 가려고 해요
나의 길을 찾아 오랫동안 방황했죠

길은 보이지 않았고
멋진 길들이 보였지만 모두 나와는 상관이 없는 듯한 그런 길
이었어요
내 앞에는 항상 다른 과제들이 주어졌어요
때로는 불공평해 보이기까지 한

그래도 최선을 다해 감당했어요
그러자 언제부터인가 과제에 대한 보상들이 조금씩 주어졌
어요
그리고 길이 조금씩 눈에 보이기 시작했어요
그 길은 놀랍게도 지금까지 걸어온 길과 이어져 있네요
맙소사
지금까지 아무런 상관이 없어 보였던 과제들도

그 길을 갈 수 있는 공부였다는 것을 알게 되었죠

나는 이제 한 번도 가보지 않은 길을 가려고 해요
그 길은 놀랍게도 나의 과거와 현재가 이어져 있는 길이네요
의심과 부정적인 생각이 여전히 유혹하기도 하지만
그 길을 가보려 해요
조금은 가슴이 떨리고 두렵기도 하지만
이제 그 길을 가보려고 해요

겨울 속의 봄 (VLOG)

당신이 사는 마을에는 눈이 내리나요
이곳에는 밤새 눈이 내리고 있어요
조용하고 따뜻하고
친구는 멀리 있지만
수많은 별들이 친구가 되어 주네요

눈 속에 피어 있는 꽃들은
당신의 마음일 거예요
당신의 마음에는 겨울도 있고 봄도 있네요
당신이 사는 마을에서는 무엇이든 가능해요
아마 토끼와 호랑이가 함께 춤도 출 수 있을걸요

나는 이곳에서 12달의 요정을 만난 소녀처럼
4월의 요정을 만나기를 기대해 봅니다

눈이 내리는데 꽃이 피어 있는 것은 꿈일까요? 현실일까요?

눈이 그치면 꽃은 여전히 피어 있을까요
눈이 그치면
꽃은 여전히 피어 있을 겁니다
눈이 그치지 않으면
눈꽃으로 가득한 세상이 될 것입니다

나는 당신과 친구들을 초대해 파티를 열 것입니다

꽃들을 위하여
눈 속에 피어 있는 꽃들을 위하여……

나의 마음

받아 적기

인터넷을 검색하다 우연히 기묘한 장면의 그림을 발견하게 되었다. 눈이 내리는데 꽃이 피어 있는 것이었다. 호기심이 발동한 나는 이 기묘한 그림의 세계로 여행을 떠나기로 했다.

토끼와 호랑이는 한국의 전래동화에 자주 등장하는 동물들로서 서양의 여우와 사자 정도로 생각하면 될 것이다. 토끼는 호랑이에 비해 덩치도 작고 힘도 없지만 재치와 지혜로 항상 호랑이를 이긴다.

얼마나 재미있는 일인가?

현실에서 불가능한 일들을 사람들은 이야기를 통해 가능하게 했다.

열두 달의 요정이라는 동화에서 소녀는 눈보라가 내리치는 한겨울에 봄에 피는 꽃인 제비꽃을 찾아다니다가 열두 달의 요정들을 만나게 되고 사월의 요정의 도움으로 그 꽃을 얻게 된다. 애니메이션에서 열두 달이 한꺼번에 지나가고 열두 달의 요정이 나타나는 설정은 매우 흥미로웠다. 그래서 오랜 세월이 지난 지금까지도 기억을 하고 있나 보다.

토끼와 호랑이가 함께 춤을 춘다는 설정은 동요 산중호걸에서 따왔다. 호랑이의 생일잔치에서 무도회가 열리는데 토끼는 춤을 추고 여우는 바이올린을 연주한다.

그렇다면 토끼와 호랑이가 춤을 추는 상상도 가능하리란 생각이 들었다. 이렇게 현실에서 불가능한 상상들을 해보면 재미있는 이야기가 만들어진다.

가끔씩 엉뚱한 상상을 해 보자. 현실에서는 불가능한……

그런데 그것이 꼭 불가능하지만은 않은 것 같다.

눈이 내리는데 꽃이 피어 있을 수 있을까란 의문이 들었다. 그런데 정말로 눈 속에 피어있는 꽃들이 있었다. 눈 속에 피어 있는 꽃들이 안쓰럽지만 한편으로 대견해 보인다. 작고 연약한 꽃잎이 차가운 눈을 뚫고 피어 있으니 말이다.

눈 속에 피어 있는 꽃들은 봄의 전령들이다.

겨울이 아무리 길고 동장군의 위세가 등등해도 때가 되면 봄은 반드시 온다.

그리고 화창한 봄날에 눈부신 햇살을 받으며 꽃들은 모두 활짝 피어나게 될 것이다.

우리 모두 봄을 기다리며 일상이 지루할 때에는 현실에서는 일어날 수 없을 것 같은 불가능한 일들을 상상해 보자.

어쩌면 그것들은 눈 속에 피어있는 꽃처럼 가능한 일이 될지도 모른다.

전업주부

누군가의 아내로
누군가의 엄마로
열심히 살아온 그는 어느 날 깨닫게 된다

자신을 잃어버렸다는 것을

그는 또 깨닫게 된다.
그는 실은 그녀였다는 것을
봄에는 화사한 원피스와 신선한 꽃다발을 들고
가을이면 롱 트렌치 코트와 스카프로 한껏 분위기를 잡고 책
과 음악을 즐기던 그녀는

결혼 후
아니 정확히 엄마가 되어 아이를 양육하기 시작하면서
식탁에 앉아서 느긋하게 식사를 한 기억이 까마득해져 갔다
학부형이 되어 학교 행사에 참석할 때 외에는

그녀의 옷은 늘 청바지가 되었다

청바지는 그녀가 정말 사랑하는 패션이다

편하기도 하지만 모든 옷과의 조합이 가능한 옷이기에

웬만한 장소에 모두 O.K가 되면서도 시간을 아껴 주는 청바지가 그녀는 너무 좋았다

그래서 잡스도 아니면서 해마다 세일 때 같은 청바지를 몇 벌씩 샀다

그녀는 또 수시로 변화하는 트랜스포머가 되었다

가족의 식탁을 책임지는 요리사로

아이들을 데리고 날마다 학교, 학원, 친구 파티 온갖 장소를 돌아다니는 운전사로

때로는 가족의 건강을 돌보는 가정의로

자녀들의 양육과 교육을 맡은 교사로

가정의 재정을 관리하는 재무 관리자로

친인척과 손님을 맞는 외교관으로

어느 날

트랜스포머처럼 살아온 그녀는 이상한 경험을 하게 된다

울고 싶은데 눈물이 나오지 않는 것이었다

이럴 수가……

소녀 시절, 타이스의 명상곡을 들으며

섬세한 바이올린의 선율에 빠져들던

그녀는 어디로 갔는가?

아기가 잠들었을 때, 모기가 날아다니면

에프킬라를 뿌릴 수 없어 손으로 사냥을 하기 시작하더니,

급기야 가족들의 건강을 위해 물컹거리는 기분 나쁜 닭 껍질

과 지방 덩어리도 아무렇지도 않게 제거하는 여 전사(?)가 되

어버렸다

그녀는 정말 자신이 트랜스포머 로봇이 되어 버렸나 당황했다

그런데 그녀가 눈물이 나오지 않았던 것은

노화로 인한 안구 건조증 때문이었다

그래

아이들도 이제 다 컸으니 전업주부에서 은퇴할 날도 머지않

았구나

둘째만 대학 졸업하면……

세월이 쏜살같이 지나간다더니
그녀의 머리카락도 어느덧 은빛이 보이고
얼굴에도 세월의 흔적이 보이기 시작한다
밤샘을 해도 다음 날 살짝 피곤하기만 하던 체력은 어디 가고
몇 시간 집중해서 일하고 나면 휴식이 필요한 중년의 체력이
되었다
젊었을 때는 결코 이해하지 못했던 일
하고 싶은 일이 있어도 에너지를 절제해야 한다는

그녀는 더 늦기 전에 지금이라도
적성에 맞지 않는 전업주부 탈출 계획을 세우기로 했다
그녀는 한때 대기업 증권 회사에서 투자 상담을 하던 나름 촉
망받는 직업의 종사자였다
그런데 그녀의 경력은 녹이 슬고 먼지가 너무 앉은 데다 말
이 다른 먼 타국에서는 더더구나 아무 쓸모가 없었다

인생의 전반전이, 학교 다닐 때 노력만 하면 원하는 성적을
얻었던 것처럼 그리 만족할 만한 결과는 아니었지만 그래도
열심히 살고자 애썼다
'인생은 50부터'라고 누군가 말했다

이제는 누군가의 딸이나
　　　　누군가의 엄마나
　　　　누군가의 아내가 아닌

나 자신으로 살자

전업주부 탈출하면
역시 전업 가장으로 살아온 그에게도
그동안 수고했다는 뜻으로 신차 하나 뽑아 주고
이제 당신도 나이 들었으니 쉬엄쉬엄 일하고 하고 싶은 일 하
라고 말하고 싶다

당신의 삶을 축복합니다

늘 수고하는 당신
새해에는 좋은 일만 가득하기를 기도해요

당신의 말없는 수고와 섬김에 감사해요
때로 당신은 남몰래 눈물을 흘리기도 했겠죠
이제 그 눈물들이 모두 꽃이 되어 피고 나무가 되어 자랄 거
예요

비우지 않으면 채울 수 없고 버리지 않으면 새로운 것을 가
질 수 없듯이
지나간 것은 좋은 것이든 싫은 것이든 다 보내어야 해요
뒤를 돌아보면서 앞으로 나아갈 수 없기에
새로운 출발을 위해서는 이제 그만 작별을 고해야 해요

아듀
다사다난했던 지난 한 해

당신의 삶은 너무 소중한 것이기에 후회와 한탄으로 허송세
월할 수는 없어요
미움과 원망과 분노, 시기심, 원한
이런 것들은 영혼의 독이에요
우리는 독을 마음에 품고 살아갈 수는 없어요
왜냐하면, 그 독은 제일 먼저 당신을 해할 것이니까요

한 번뿐인 당신의 인생을 선하고 아름다운 것들로 채우세요
순수하고 진실된 마음으로 사랑하고 사랑받고 사랑을 베푸
는 사람이 되세요

사랑은 영원토록 남는 최고의 가치입니다

상처는 당신을 더욱 지혜롭고 강하게 만들어 줌을 믿으세요
당신의 삶을 축복합니다

누구나 언젠가는
그 사람만의 꽃을 피운다
-마쓰오 가츠야-

사람들은 인생이란 밭에
생각과 태도와 말과 행동으로
저마다의 식물을 키우며 산다

그것은
어느 날
작은 꽃잎을 내기 시작해서
인격이라는 향기를 내게 된다

때로는
생활이 우리를 속이는 것 같아도
인생은 결코 얄팍한 잔꾀와 피상적인 속임수에 넘어가지 않
는다

그 사람이 피우는 꽃은

그의 삶의 생산물이고
인격의 결과물이다

당신이 있는 곳이 어디든
당신이 피울 꽃을 기대하고 상상해 보세요

나의 마음 ——————————— 받아 적기

우리라는 이름의 연대

풀

풀
잡초
그들을 뭐라고 불러야 할지 모른다

돌담 사이에도, 지붕 위에도, 시멘트로 만든 길 위에도,
환경이 아무리 열악해도, 생명을 유지할 최소한의 여건이
되면
그들은 자란다
황량한 황무지에 나무는 자라지 못해도
그들은 자란다
생명 하나 자라지 못한다던 난지도 매립지에서도
가장 먼저 자란 것은 그들이었다
화재로 잿더미로 변한 숲에도
첫 번째로 생명의 빛깔을 선사하는 것은 그들이다

그들은 자라고 죽고 땅에 거름이 되어 또 다른 생명을 낳는다

혹은 땅 위의 모든 생명들의 배고픔을 채워주는 양식이 되기
도 한다
세상에서는 이름도 없이 풀, 잡초로 불리는 그들은
불청객처럼 환영을 받지 못한다

화려한 도시의 외곽 지대에 아무렇게나 자라 무릎만큼 키가
커버린 그들은
초대받지 않은, 어울리지 않는 손님들이다
때로는 정원에, 때로는 농부가 정성스레 가꾼 밭에, 때로는 잘
정돈된 도로 가에
그들은 불쑥불쑥 침입해 있다

그러나 사람들이 그 이름을 알고 사용처를 알면 그들은 어느새
약초로, 들꽃으로 변해 있다

우리 조상들은 백성들을 민초라고 불렀다

백성은 풀과 같다
풀처럼 힘이 없지만
밟혀도 뽑아도 다시 자라고
강인한 생명력으로 땅의 대부분을 덮어버린다

환영받지 못해도
이름을 알아 주지 않아도
아무리 열악한 곳에 있어도
그들은 창조주께서 주신 자신의 생명을 다해
그 자리를 지킨다

풀이 자랄 수 없는 곳은
꽃들도 나무도 자라지 못한다

나의 마음 ——————————— 받아 적기

공존의 이유

새벽빛을 맞으며 밤 사이 세상을 밝혀준 별과 달이 함께하고
있다

서로는 경쟁자였을까?
드넓은 우주 공간에서 경쟁은 무의미한 것

달이 밤하늘을 밝히는 사이
별은 그 허전한 공간을 아름답게 장식하고 있었다
밤마저도 낮 동안 뜨거운 태양과 일과로 지친 만물에게
휴식과 성장을 주는 하나님의 선물인 만큼

경쟁은 시기와 질투, 이기심과 탐욕의 죄악이 빚어낸
인간의 헛된 망상일 뿐

진정한 성장은 비교에서 오는 것이 아니라 자기를 초월할 때
오는 것임을 기억하고

자신이 있는 곳에서 창조주의 뜻을 이루고자 최선을 다 하세요

내가 달이 아닌 것을 슬퍼할 필요도 없고
왜 아무도 알아주지 않는 밤이 되었느냐고 한탄할 필요도 없
어요

세상은 해와 달이나 흑과 백만으로 존재할 수 없는
수만 가지의 존재들이 공존하여 만들어 내는 곳이니까요

내가 나와 다른, 혹은 배척되는 존재의 선악을 결정하는 것은
어쩌면 심판자의 자리에 앉는 것과 같은지도 몰라요

공존의 이유를 찾아봅시다
우리 모두는 약점이 있고 완벽하지도 않아요
다양성을 인정하면 우리는 보다 풍요로운 세상에서
웃으며 살 수 있어요

▶ 추천음악

· Diving in Backwards - Nathan Moore

해는 떠오른다

오랜 침묵을 가르고 해가 떠오른다

갓 태어난 신생아처럼 붉은빛을 띠었던 해는
장밋빛, 오렌지 빛을 지나 황금빛이 되더니
마침내 온 세상을 비추는 찬란한 빛이 되었다
모든 빛깔을 초월한 이 빛은 색이 없다

눈으로는 바라볼 수 없는
가까이에서 볼 수 없는
모든 어두움을 몰아내는
해는
하늘이 어두움을 몰아내고
지치고 상처 입은 세상을 치료하기 위해 보낸 선물이다

별들이 외로이 투쟁하며 달이 홀로 고군분투하던
그 어두웠던 밤 사이

그는 어디서 무엇을 하고 있었던 것일까

어두움이 깊어 갈수록 숨어 있던 모든 흑암의 세력들이 드러
나고 활동한다
그리하여 세상에 잉태된 모든 어두움의 알들이 꿈틀거리며
그 추악함을 드러낼 때,
세상이 가장 어두울 때,
해는 드디어 세상에 나올 준비를 한다

어두움이 아무리 깊고 끝이 없을 것 같아도 낙심하지 말아야
할 것은
때가 되면 해는 반드시 떠오르기 때문이다
어두움이 깊다는 것은 동틀 녘이 가까웠다는 것이다

하늘에 계신 이의 긍휼과 자비
불의한 세상에 대해 공의를 바라는

간절한 염원이 기도가 될 때

해는 마침내 떠오른다

이름 없는 별의 노래

나는
우주의 먼 공간에서
희미하게 빛나고 있어요

사람들이 내 존재를 알지 못하기에
나는 자유롭게 노래하고 광활한 우주를 마음대로 탐구할 수
있어요
우주는 화려하게 빛나는 온갖 아름다운 별들로 가득하기에
사람들은 평소에 나를 볼 수 없어요

그러나
칠흑같이 어두운 날에
누군가 잠을 자지 않고 밤하늘을 바라보며
우주의 근원을 알고자 하는 이가 있다면

그는 나를 볼 수 있을 거예요

어둡고 차가운 밤

외롭게 자기 자리를 지키며

순수하게 진리를 추구하는 소박한 영혼이 있다면

진정

나를 볼 수 있을 거예요.

왜냐하면

그도 나와 같이

이름 없는 별이기 때문이에요

칠흑같이 어두운 날에
누군가 잠을 자지 않고 밤하늘을 바라보며
우주의 근원을 알고자 하는 이가 있다면

그는 나를 볼 수 있을 거예요

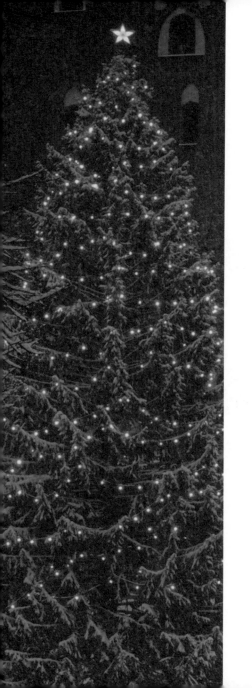

나의 마음 받아 적기

시인의 마음

길가의 이름 없는 풀꽃에서도
아름다움을 찾고
쓰레기 더미에서도
희망을 보고
산불로 폐허가 된 곳에서도
생명의 잉태를 노래한다

그리고
온 세상이 캄캄해지면

촛불 하나 켜고 기도한다

리몬 나무에게*

씨앗을 뿌렸다
난 그저 물만 주었을 뿐인데

어느 날
싹이 나고
줄기를 뻗더니
나무가 되었다

삼 년쯤이면 열매를 맺는다기에
나는 너를 기다렸다
농부처럼
부모처럼
친구처럼

너는

---

* 리몬(Limon)은 스페인어로 라임 열매를 말한다.

삼 미터나 넘게 키가 자라고
울창한 가지를 자랑했지만
열매를 맺지는 않았다

칠 년째가 되자
나는 열매 보는 것을 포기했다
그냥 너의 푸른 잎이 주는 그늘로 만족하기로 했다

그런데
어느 날
작은 꽃봉오리가 맺히기 시작하더니
가지마다 주렁주렁 크고 실한 열매를 맺는 게 아닌가

풍년이었다
리몬 풍년!
레모네이드도 만들고 이웃들과 나누어 먹어도 풍족했다

나는 그저 씨앗 두 개만 심었을 뿐인데
너는 사시사철 푸른 잎과 그늘을 선물하고
해마다 두 번 향기로운 꽃과 열매들을 선물하는구나

고맙다
리몬 나무야

너는
아낌없이
계산 없이
정직하게
후하게 주는구나

나는 리몬 나무가 왜 칠 년 동안이나 열매를 맺지 못하는지 알수가 없었다. 그러나 생명이 있는 것은 반드시 그의 때에 열매를 맺는다는 것을 알게 되었다. 또 자연이 베푸는 것은 인간이 자연에게 주는 것에 비해 비교할 수 없을 정도로 풍성하다는 것을 배우게 되었다.

우리가 조금만 관심을 가지고 지켜보면
생명의 신비에 놀라움을 금치 못하게 된다.

아이들에게 당장 눈에 보이는 실익을 좇는 교육도 필요하겠지만, 이처럼 식물을 키우고 동물을 돌보는 것은 대자연의 일원인 인간으로서 더욱 중요한 교육이다. 어린 시절 자연 체험은 생명의 소중함을 배울 뿐만 아니라 정서적인 안정과 창의성, 집중력, 친사회적이고 긍정적인 인성 형성 등, 그 유익성을 이루 말할 수 없기 때문이다.

아낌없이, 계산 없이, 정직하게, 후하게 주는 대상을 만나본 적이 있는가? 만약 그런 체험을 하고 싶다면 나는 식물을 키워 볼 것을 권하고 싶다. 유실수를 심는 것도 좋고 텃밭의 채소 같은 것도 좋을 것이다. 사람에 대한 실망과 삶의 스트레스로 지쳐있다면 자연이 주는 진실한 위로와 기쁨을 체험해 보는 것을 권하고 싶다.

나는 누구일까요?

당신의 삶의 흔적들을 길거리에 아무렇게나 방치하지 마세요

더 이상 쓸모가 없어진 대상조차도 존중한다는 것은
당신이 어떤 사람인가를 말해 줍니다

그들을 다시 꿈꿀 수 있도록 해 주세요

당신에게 기쁨과 행복을 주었듯이
어떤 모습
어떤 형태로든
세상의 선물이 될 수 있으니까요

나의 마음 🌸 🌸 🌸 받아 적기

세상이 밝게 빛나는 이유

이 세상이 밝게 빛나는 것은

크고 화려하게 빛나는 별들 뒤에서
희미하게 빛나는

보이지 않는
수없이 많은
작은 별들 때문이다

하늘이 주는 선물

하늘이 주는 선물은 언제나 공평하다
비 온 뒤 무지개
파랗게 물든 가을 하늘
솜털 같은 흰 구름
시골의 한적한 외딴 마을이나
가난하고 소외된 변두리나
혹은 빌딩 숲 사이의 번화한 도시나
차별이 없다

하늘은 또 가장 귀한 것은 모두 공짜로 주었다
햇빛, 공기, 물, 흙
사람이 살아가는 데에 반드시 필요한 이것들은
아무리 가난한 사람도 모두 사용할 수 있다
하늘은 이렇게 선한 자나 심지어 악한 자에게도
햇빛과 구름과 바람과 비를 골고루 내린다

하늘은 구원도 선물로 주셨다
높은 자나 낮은 자나
부유한 자나 가난한 자나
지식이 많은 자나 없는 자나
모든 사람이 차별이 없도록
그의 아들을 세상에 주셨다

그래서
가장 귀한 것
하늘에 속한 것은 모두
선물로만 받을 수 있는 것이다

리빙스턴 데이지

혼자일 때는 어디서나 볼 수 있을 것 같은
평범함이 모여 화려한 빛의 조화를 만들어 낸다 서로를 닮은
듯하면서도 자기만의 색을 잃지 않는 실크 같은 은은한 광택
속에 숨은 겸손의
함께함이 만드는 아름다움 희망과 평화

리빙스턴 데이지는 햇빛을 따라 피는 꽃이다.
다섯 가지의 서로 닮은 듯 다른, 각자의 색들이 피어나면
주변은 화사한 빛의 축제가 된다.
희망과 평화라는 꽃말처럼 온통 주위를 밝혀 주는 꽃

한편으로 생각하니 희망과 평화야말로 함께할 때 만들어 낼
수 있는 공동의 가치가 아닐까 하는 생각이 든다.

취준생

스펙을
쌓고
쌓고
이력서를
쓰고
쓰고
취업 문을
노크하고
노크해도
문턱은
높고
높고
정규직은
멀고
멀고
알바를

뛰고
뛴다
편의점
컵라면
햇반
휴대폰을
보고
또 봐도
월세
교통카드
신용카드 제하면
잔고는 언제나 그대로

연애는 사치
결혼은 미지수
내 집 마련은 그림의 떡?

인생이 입시가 된 세상에서
나만의 쉼터 하나 만들고 싶다

1340 말없이 지다

쏟아지는 비 속, 길 위에 버려진
낡은 곰 인형 하나
비가 저리도 내리는데
온몸으로 비를 맞고 있다

비에 젖어 축 늘어진 팔, 다리는 이제 생기가 없다

사람의 손길이 오랫동안 닿은 듯한 너의 피부는
한때 너도 누군가에게 사랑받던 존재였다는 증거
가족이 있었고
친구가 있었고
햇살처럼 빛나는 따뜻한 시절이 있었을 텐데

다 떠나고 없다

그들이 떠나간 것인지

네가 떠나온 것인지

너에게 남은 것은 앨범 속의 햇살뿐

사람들은 네가 술과 담배를 좋아했다고 말한다
너는 단지 마음의 진통제가 필요했을 뿐인데

냉장고 속 약 봉투들
깨끗한 새 정장 한 벌과 구두 한 켤레
새로 만든 여권
언젠가 건강해져서 말끔한 양복을 차려입고 출근하기를
월급을 모아서 꿈에 그리던 해외여행을 떠나보기를
얼마나 바랐을까

지고 난 뒤에야 뉴스가 되는
너의 고독한 전쟁
그리고
말없는 작별

나, 아프다고

외롭다고
힘들다고
그러니 누가 좀 도와달라고
한마디 말은 하고 갔어야지

말도 없이
방 하나의 기억으로 떠나다니

너무 늦게 알아버린 너의 처절한 외로움
세상에 남겨진 너의 흔적, 차갑고 공허한 번호 1340뿐

미안하다

부디 그곳에서는 외롭지 않기를
햇살 가득한 온기만 가득하기를

국내 1인 가구 수 750만, 비율로는 대략 35%에 해당한다고 한
다. 고독사 또한 나날이 증가하고 있다. 고독사의 주인공들이 처음
부터 우리와 다른 삶을 살았던 것은 아니다. 가족과의 사별, 이혼,
질병, 사고, 실직 등 예상치 못한 인생의 위기로 혼자 남게 되는 경
우가 대다수이다.

핵가족을 넘어 핵개인의 시대로 도래하는 만큼, 고독사는 특별
한 변화가 없는 한 앞으로도 계속 증가할 추세라고 한다. 생존 경쟁
에서 낙오되고 도태되는 것은 누구에게나 어느 순간 닥칠 수 있는
교통사고나 천재지변 같은 것이다. 그러니 이제는 이 외롭고 비극
적인 행렬을 끝내는 것에 다 같이 관심을 가져야 되지 않을까?

· Hope - Sleeping At Last

▶ 추천영상

· 학생들에게 존경받는 선생님에서 노숙인으로 살다가 고독사한 비극적인 남성의 삶 | 외면받는 5060 중년 남성들의 쓸쓸한 죽음 | 다큐프라임

· 2025년부터 평범한 죽음 형태로 자리 잡을지도 모르는 고독사

· 조선소 전전하던 37세 청년의 죽음… 산업재해법 강화해달라는 글 남기고 떠난 고독사 현장

기억의 선물상자

초콜렛

달고
씁쓰름하고
부드럽고
짙은

그 맛과 향을 때때로 즐긴다

그러나 모든 것이 과유불급
사랑도 지나치면 병이 된다
자기 형태를 지킬 수 있을 만큼만 사랑하면 족하다

그대 자신일 때가 가장 매력적이다

나의 마음 ——————————— 받아 적기

추억

그날
그때
그 자리에
그 모습 그대로 있어 주세요
그리울 때마다 달려갈 수 있도록

절벽에 매달린 것 같은 아찔한 상황에서 나는 겁도 없이 그대
에게 손을 내밀었지요
그리고 당신은 아무런 의심 없이 그 손을 잡아 주었어요
우리는 세상에서 둘 다 이방인이었어요
사람들은 많은 말을 하면서도 서로를 오해하지만
말이 없이도 믿을 수 있다면 그것은 무엇 때문일까요

페르소나에 갇혔던 나는
부정적인 것을 지워버리면 책임감 있고 완벽한 존재가 될 줄
알았죠

그런데 실상은 기쁨도 같이 사라져 버렸어요
번지 점프와 같았던 그날의 기억은 배터리처럼 남아서
습관처럼 내 감정이 흑백이 되어갈 때
내가 가진 색깔을 기억하게 해요

온 세상이 무채색이어도

그곳에는
작고 어여쁜 꽃 하나가
수채화 빛깔로 피어 있어요

친구

내가 무슨 말을 해도
뒤가 걱정되지 않는 사람

오랜만에 만나도
공백이 없이 마음이 통하는 사람

모든 대화의 시간이
의미가 있다고 느껴지는 사람

때로는 사소한 일상의 수다를 떨어도
때로는 힘든 감정을 토로해도
그 모든 것이 서로를 알아가는 시간이 되는

친구
함께 있는 시간이 휴식이 되는 사람

너를 위해 기도한다

국화

아버지가 심어 놓은 국화꽃이 뒷마당에 가득 번식한 적이 있
었다

해마다 가을이 되면
아침, 채 눈을 뜨기도 전
시원한 바람과 함께 국화 향이 가장 먼저 코끝에 느껴졌다
다른 꽃들이 꽃병에서 길어도 일주일을 넘기지 못하던 반면
국화꽃은 이 주일을 거뜬히 버텼다
지금 국화꽃은 모양도 색깔도 다양하고 화려하지만 향기는
그렇게 진하지 않다
반면 그때의 국화꽃은 흰색 데이지 꽃처럼 소박하고 단순했
지만 몇 송이만으로도 향기가 강하게 전해졌다

십 대
그때는 국화꽃의 그 끈질긴 생명력이
지겨웠다

너무 흔하게 뒷마당 가득 피어 있는 그 꽃이
예쁜지도 몰랐다

그런데
이제는 그 강인한 생명력에 경의를 표하게 된다
그리고 고마움을 전하고 싶다
나의 십 대의 마지막에
바람에 실려오는 꽃 향기에 잠이 깨는
아름다운 추억을 선물해 준 국화꽃에게

그리고 매일 아침 가장 먼저 일어나 마당을 쓸던
지금은 하늘나라에 계신
아버지에게……

강인한 생명력에 경의를 표하게 된다
그리고 고마움을 전하고 싶다
나의 십 대의 마지막에
바람에 실려오는 꽃 향기에 잠이 깨는
아름다운 추억을 선물해 준 국화꽃에게

나의 마음 받아 적기

영혼이 기억하는 것

머리로 기억하는 것은
시간이 흐르면 지워진다

마음이 기억하는 것은
계절이 여러 차례 바뀌면
날카로운 바위가 부드러운 곡선을 이루고
잿더미 속에서도 새 생명이 피어나는 것처럼
변화와 성장을 이룬다
혹은 누군가에게는
그 반대의 것을 이루기도 한다

그러나
영혼이 기억하는 것은
영원히 남는다

오렌지 꽃 향기 날릴 때

오렌지 꽃 향기 날릴 때
나는 그대와 걷고 싶습니다
대지는 추운 겨울을 이겨 낸 연초록의 생명력으로 가득하고 보라색 제비꽃과 이름 모를 들꽃들이 청초하게 피어 있습니다
파랗고 맑은 하늘에는 새하얀 구름이 솜사탕처럼 걸려 있고 종달새의 노랫소리는 마음에 휴식과 평화를 줍니다
그곳에서 나는 그대와 아무런 사심이나 편견이나 가식이 없이 오직 진실과 관용, 순수하고 따뜻한 애정만이 담긴 대화를 나누고 싶습니다

오렌지 꽃 향기 날릴 때
나의 고향 그곳에는 벚꽃이 설경처럼 화사하게 피고 또 눈꽃처럼 날리며 떨어질 것입니다
내 사랑하는 형제자매들은 내가 어떤 모습이든 받아 줄 것이고 아무런 염려 없이 기댈 수 있는 사람들입니다 가족이란 그

런 존재이며 고향 또한 그런 곳입니다
나는 식탁에 도란도란 둘러앉아 전을 구우며 그들과 웃음꽃
피는 대화를 나누고 싶습니다

오렌지 꽃 향기 날릴 때
나는 나의 노래를 부를 것입니다
나의 노래는 진실의 눈물 방울과 아름다움의 꽃잎, 소망의 빛
줄기를 엮어서 만든 노래입니다
내 노래에 날개를 달아 외롭고 상처 입은 한 영혼에게 작은
위로와 소망을 보내 주고 싶습니다

위로와 소망을 보내 주고 싶습니다

> **▶ 추천음악**

- Swans in flight - Asher Fulero

그리움은 눈처럼 쌓인다

싸락눈이 내린다

뜻밖의
선물처럼……

도로에도
가로수에도
상점과 빌딩에도

사람들은 코트의 깃을 세우고 저마다의 행선지로 재촉한다

작은 눈송이들은 이내 굵은 함박눈으로 바뀌었다
종종걸음으로 귀가하던 행인들은 이제 보이지 않는다

눈으로 뒤덮인 도시의 불빛 가운데 서서
나는 무엇인가 두고 온 것이 있는 것 같아 서성인다

아니 무엇인가 잊고 온 것이 있는 것 같다

손바닥에 희미하게 남은 온기에 녹은 눈물은 잊힌 기억이 흘
리는 눈물이다
잘 지냈니
응
잘 지내
네가 보고 싶은데 어떻게 돌아가야 할지를 모르겠어
돌아오려고 애쓰지 마
그냥 오늘처럼 눈꽃이 내릴 때
가끔씩 나를 기억해 줘
그것으로 충분해

태양이 뜨겁게 내리쬐는 머나먼 이곳에는
눈이 내리지 않는다
아니

내려서도 안 된다

하지만 내 마음에는 가끔씩 눈이 내린다

그리움은 눈처럼 쌓인다
눈처럼 쌓였다가
빛과 함께 사라진다

나는 너를 뒤로하고
오늘과 내일을 향해
또다시 걷는다

어떤 경우라고 단정 지을 수는 없지만 오래된 책 속의 빛바랜 낙엽처럼 희미한 과거의 느낌이 불현듯 느껴질 때가 있다.

어린 시절, 아무런 걱정 없이 온종일 친구들과 뛰어 논 기억일 수도 있고 이제는 하늘나라에 계신 부모님이나 가족들과의 소중한 기억일 수도 있다. 혹은 낙엽 밟는 소리에 깔깔대며 해맑게 웃던 학창시절일 수도 있다.

함께 했던 소중한 사람들, 시간들, 추억들이다.

과거의 소중했던 기억의 파편 같은 그런 느낌들……

그 당시에는 그것이 어떤 가치를 지녔는지 알 수 없었던, 그런 평범한 기억들이다.

그것들은 가끔씩 뇌의 영역을 벗어나 현실에서 우리를 감싸는 것 같은 부드러움과 감미로움을 느끼게 한다.

그때 그곳으로 돌아가고 싶지만 우리의 이성은 알고 있다.

그럴 수 없다는 것을……

우리는 평범하게만 보이는 일상의 가치를 그 당시에는 제대로 평가할 수 없을는지도 모른다. 지나간 것은 지나간 대로 의미와 가치를 지닌다.

인생이라는 편도 열차에서 지나간 풍경을 붙잡으려 한다면 열차 밖으로 튕겨 나갈 것이다. 추억은 어쩌면 돌아갈 수 없기에 아름다운 것인지도 모른다.

그리고
오늘은
미래의 추억이 되는 것이다.

인생이라는 이름의 풍경

하늘이 풍경이 되는 마을이 있다

하늘이 풍경이 되는 마을이 있다
아무것도 가진 것이 없어서
오히려 가장 높은 하늘이 보이는 곳
그곳의 하늘은 변화무쌍하다

새벽, 아직 어두운 하늘을 뚫고
멀리 일터로 나가는 부모와 학교에 가기 위한 아이들의 발걸음이 재촉된다
아침을 여는 빵 장수 아저씨의 목청껏 부르짖는 소리가 들리고
작은 학교 앞에는 아이들을 배웅하러 나온 부모들과 재잘거리며 교문을 들어서는 아이들로 북적인다
학교는 아이들의 꿈이 자라는 곳이다
거리의 개들은 하루를 여는 자유로운 산책을 시작하고
한가로운 아침을 준비하러 상점을 찾은 주부들은 잠시 한담을 나눈다
낡은 솜브레로를 쓴 노인은 집 앞에 하루 종일 앉아서 무슨

생각에 잠긴 것일까
일상이 반복되는 이곳의 하루는 길고도 짧다

하루가 무채색이었어도 저녁이 되면 하늘은 아름다운 장밋빛
을 선물하고
뜨거운 태양은 자신의 시간을 안다
밤은 고단한 하루를 보낸 이들에게 휴식을 선물하고 또다시
내일을 꿈꾸게 한다
반복되는 일상이라도 좋다
그대, 찬란한 내일을 다시 꿈꿀 수만 있다면
그렇게 이곳의 하루는 어제도 오늘도 무심한 듯 지나간다

구름은 사람들이 하늘에 그린 꿈
꿈이 떠다니는 마을
그곳에 Cielito lindo*
나와
당신의 마음이 있다

---

* Cielito lindo는 직역하면 아름다운 하늘이지만 아름다운(예쁜, 멋진) 사람을
가리키기도 한다. 한국의 아리랑처럼 멕시코를 대표하는 민요이다.

▶ **추천음악**

- México en la piel - Luis Miguel

- Mariachi Vargas de Tecalitlán
  - El Son De La Negra / Guadalajara

힘든 날에

하루가 무겁고 힘들어서 끝날 것 같지 않아도
약속처럼 날이 저문다

밤은
어떤 이에게는 휴식을
어떤 이에게는 또 다른 낮이 된다

그리고
전날이 어떠했든지
밤 사이 무슨 일이 있었든지
마치 아무 일도 없었던 것처럼
새로운 하루가 시작된다

그리하여
낮은 밤에게
밤은 낮에게 이야기한다

모든 것이 하나님의 은혜였다고

무사히 지켜주신 하루와
새로운 오늘을 주신 것을 감사하며

마른땅을 터벅터벅 걸어가는 것처럼 힘든 때가 있다. 게다가 그것이 언제 끝날지도 모르겠고 하염없이 지속될 것 같아 보이는 때가 있다.

그럴 때, 세상은 나의 고통에 대해 알지 못하고 아무런 관심도 없으며, 나라는 존재는 한 톨의 먼지처럼 미미하게 느껴진다. 내가 하는 일이 무슨 의미가 있을까 하는 회의가 들기도 한다. 세상은 마치 아무 일도 없는 것처럼 어제도 오늘도 내일도 동일하게 흘러갈 것 같은 생각이 든다. 한편으로는 우리가 잠든 사이 세상은 많은 사건과 사고로 몸살을 하지만 어김없이 날이 밝아 온다는 사실에 감사한다.

그것은 세상에 아직도 희망이 존재한다는 것을 의미하기에

인생

우리는 인생에서 모범 답안 같은 삶을 기대하며 또
그것을 찾으며 살아왔다

그런데 어느 날 보니 인생에 모범 답안 같은 경우가 오히려
드물다는 것을 알게 되었다
인생은 다 저마다의 상처와 일그러짐과 그늘을 가지고 있었다
오십이 되기 전까지 나는 그것들의 존재를 부인하려는 듯 인
생과 싸우며 살아온 듯하다

그런데 이제는 그 일그러진 자화상들을 그만 인정해야겠다
너에게서
나에게서
우리에게서

이제는 그 일그러진 자화상들을

그만 인정해야겠다

너에게서

나에게서

우리에게서

나의 마음 받아 적기

소 이야기

부부는 소처럼 일했다
부모가 되는 법을 알지 못한 채
그들의 부모가 주지 못했던 것
그들이 누리지 못했던 것들을
자식들에게 주기 위해서

그것은 대단한 것들이 아니었다
자신들보다는 좀 더 나은 출발선에서
자유롭게 선택할 수 있을 것
덜 힘들 것

소처럼 산 그들의 부모처럼 살지 말아야지 했는데
어느 날 보니
그들도 소가 되어 있었다

다른 소와 겨리를 메었더라면 좀 더 수월했을까?

나와 다른

너무나 다른 소를 만나서 이리도 힘든 것일까

아니면 시간의 용광로를 통과하고 있는 것일까

부모 소들은 행복했을까?

생각해보니

자녀 소가 바란 것은

부모 소들이 행복하게 사는 것이었다

그렇게 단순한 것을……

멍에처럼

아무도 지워준 적이 없는데

떨쳐 버리는 것은 왜 이리도 힘든 것일까?

언덕 위에

부부 소가 부드러운 햇빛 아래 한가로이 휴식을 취하고 있다

세월의 시험을 이겨 낸 그 묵직함과 우직함이 존경스럽다

사실

소들은
콜로라도 평원을 질주하던
야생마들이다

허수아비와 피노키오

그는
자신의 옷이 세파에 헤어지고 더러워져도 보지 못하고
찢기고 상처가 나도 아무렇지 않은 듯 살아간다
아무렇지도 않다……
(정말 그럴까?)
내가 소리 높여 외쳐도 듣지 못한다
아침부터 밤까지 쉬지 않고 일하지만
정작 자신은 무엇을 소유하고 누리는지 알지 못한다

그의 옆에 있는 나도 그렇다
내가 가끔씩
당신은 무엇을 위해 그토록 수고하나요 하고 물으면
그냥 가장으로서의 책임과 의무이며
노후에는 이렇게 일하고 싶지 않아서,
아니, 할 수 없어서라고 한다
미래는 아직 오지 않은 것인데
이렇게 현재를 희생시켜도 되나요?

그는 어쩔 수 없다고 한다
어쩔 수 없다……
(정말 그럴까?)

매일 동일한 답변과 태도에 피노키오는 이제
내가 혹시 잘못 생각하는 것이 아닐까 하는 착각마저 든다
나와 허수아비의 꿈은 같아야 하는 것일까
나는 허수아비일까
        피노키오일까

피노키오는 허수아비의 소원이 부디 이루어지기를 기도하며
오늘도 그를 괴롭힐 새들과 들 짐승들을 쫓아 보려 애쓴다
그들은 정작 누가 허수아비이고 누가 피노키오인지 모른다
피노키오의 꿈은 빨리 사람이 되어서
허수아비를 생존의 전쟁터에서 탈출시키는 것이다

사람은 자유로운 존재이니까

길

1. 길을 잃었다고 생각될 때

당신이 믿고 걸어온 그 길을 그대로 걸으세요
성실과 신뢰로 쌓아 온 길을 의심하지 마세요
때로 온 세상이 캄캄해 보여도 먹구름이 걷히고
찬란한 해가 나오면 파란 하늘이 보이듯이
당신이 걷는 길 속 안개가 걷히면
현재 위치와 가야 할 길이
저 멀리서부터 선명하게 보일 거예요

2. 당신의 길을 만드세요

저 멀리 시원하게 뻗은 길은 당신의 것이 아니에요
여러 갈래의 각양각색의 길도 누군가 다른 사람의 것이죠
처음부터 길이 보이지 않을 수 있어요
길을 가다 보면 길이 만들어지고

마침내 조금씩 당신의 길이 보이기 시작할 거예요
길을 만드는 방법은
당신 앞에 주어진 길을 그냥 걸어가는 것이에요

3. 막다른 길을 만났을 때

기억하세요
지구가 멸망하지 않는 한 새로운 길은 언제든 있어요

하나의 문이 닫히면
또 하나의 문이 열린다

하나의 문이 닫히면 또 하나의 문이 열린다

닫힌 문을 보며 누구나 잠시 슬퍼하고 아쉬워할 수는 있다

그러나 미련을 갖고 돌이킬 수 없는 것을 집착하는 것은 스스로를 괴롭히는 것이며 다른 이를 탓하고 세상을 원망하며 주저앉는 것은 나의 인생의 주도권을 다른 이에게 넘기는 것이다

우리들 중 누구도 결코 한 번도 상처 입지 않을 만큼 강하거나 모든 부분에서 실수와 결점이 없는 완벽한 존재가 아니다

어쩌면 질그릇과 같이 쉽게 부서지는 존재이며 누군가가 제멋대로 내뱉은 차가운 말 한마디와 오해의 눈빛에 상처 입는 연약한 존재인지도 모른다

아무렇지도 않게 다른 이에게 고통을 주고 나아가 이를 모의하고 즐기는 하이에나와 같은 이들이 세상에는 도처에 있다

그럼에도 불구하고 우리에게는 다시 일어서서 또 다른 길을 선택해 갈 수 있는 고귀한 자유 의지가 있다

우리 곁에 있는 열린 문을 찾아보자

나의 마음 ——————————— 받아 적기

나이 들어

나이 들어 내세울 수 있는 것이 숫자뿐이거나
자연의 법칙을 따라 얻은 초라한 외관뿐이지는 말자
이런 것들은 젊은 사람들과 벽을 만들고 동정을 자아내게 할 뿐

나이 드는 것이 영예스러운 것이 되게 하자

오래된 성이나 고택이 주는 신비로운 호기심이나
고전이 주는 깊은 지혜와 감동 같거나
숙성된 음식이 주는 자극적이지 않은 건강한 맛 같거나
고전 음악이 주는 서서히 내려 가문 대지를 적시는 단비 같
은 감동이거나
그런
세상의 선물이 되자

혹은 그런 대단한 존재가 아니어도
세상에서 지치고 낙심한 단 한 사람에게라도

그의 말을 편견 없이 들어줄 수 있는
편안한 말 벗이 되어 주자
가진 것이 많지 않아도 조그마한 온정을 베풀 줄 아는
따뜻한 차 한 잔 같은 사람이 되자

진정한 권위는 강요에서 오는 것이 아니라
열심히 수고한 대가로 자연스럽게 따라오는 열매라는 것을

그러나 노인이든 청년이든
먼저 베풀 줄 아는 자, 섬기는 자가
어른이다

민들레 (Dandelion)

그대
하늘을 보며 살자

누가 한낮의 태양보다 밤하늘의 달과 별보다 더 밝게 빛날
수 있는가
구름은 수시로 하늘을 화폭 삼아 그림을 그리고
바람은 동쪽 끝에서 서쪽 끝까지 두루 세상을 여행한다

화려함만 있는 곳에는 쉽게 싫증이 나고
너무 꽉 찬 곳은 답답함을 느끼고
높디높은 곳은 추락에 대한 두려움을 갖게 한다

낮은 땅에 살아도
햇살을 닮아 빛나는 얼굴
깃털같이 부드러운 마음일지라도
사자 이빨의 강인함으로 척박한 삶을 이겨낸

그대여
어떤 것에도 매이지 말라
정착한 곳에서 뿌리를 내리고 꽃을 피우면
날개를 펴고 어디든 떠날 수 있는
자유로운 영혼처럼

하늘을 향해 핀 꽃

하늘을 향해 핀 꽃은 소망이 하늘에 있다
땅에서 소망을 찾고 찾다
어느새 저 높은 가지까지 올라왔다

바람아 말해다오
세상 어디에서 변하지 않는 희망을 발견했는지
새들아 말해다오
누구에게서 영원한 사랑을 발견했는지
태양과 달과 별들아 말해다오
모든 존재하는 것들의 존재의 의미를

어제는 바람이 불고
오늘은 비가 내리고
내일은 먹구름이 가득할지라도
하늘을 향해 뻗은 손은 멈추지 않는다

꽃들아 피어라
모든 땅 위에서 소망을 찾지 못해
하늘을 향해 핀 꽃들아

피어서
하늘의 소망을 말해다오

나비

나는 네가 꽃길만 걷는 인생인 줄 알았다
화려하게 꾸미고 꿀만 빠는 삶인 줄 알았다
연약해서 창공 같은 곳은 엄두도 못 내는 겁쟁이인 줄 알았다.

그런데
너는
어두운 땅 속에서
혹은 작은 나뭇가지 하나 겨우 부여잡고
오랜 인고의 시간을 견뎠고
처절한 무명의 시간들을 보내었구나

너의 화려함은 빛의 선물
너는 사막을 넘고 바다를 건너서
지구를 여행하는 존재가 되었구나
네가 비상할 수 있는 이유는
햇빛과 바람을 내시는 이를 신뢰하기 때문

아름다움은 빛에서 오고
강함은 내려놓음에 있고
생존에는 기적과 은총이 있구나

나의 마음 ——————————— 받아 적기

어느 휴일 오후, 창가에 앉아 있는데 나무 위로 노랑나비가 날아오르는 것이 보였다. 나무의 높이가 한 7미터 정도 되었는데 나비는 하늘거리는 날갯짓으로 나무 위로 올랐다 사라졌다. 이후에도 주말 오후면 몇 번이나 나비가 높은 나무 위로 날아오르는 것을 보았다.

그러다 문득 궁금해졌다. 나비는 꽃을 찾아 날아다니는 것이 아니었나? 그런데 꽃도 없는 나무 위로 왜 저렇게 높이 날아오르지? 저렇게 높이 날아오르면 새에게 잡아먹힐지도 모르는 위험한 상황이 될 수도 있는데…… 그나저나 그 가냘프고 약한 날개로 그렇게 높은 나무에 오르는 것도 신기했고, 나비가 과연 얼마만큼 높이 날 수 있는지가 궁금해졌다.

놀랍게도 나비는 우리가 아는 것처럼 꽃밭만 날아다니는 것이 아니라, 4,000에서 6,000미터의 높이까지 날아올라 사막과 바다를 건너 이동하기도 한다.* 나비뿐만 아니라 일부 곤충들도 그렇게 날아올라 바람을 타고 먼 곳으로 이동한다고 한다. 세상에는 겉으로 보이는 것으로 판단할 수 없는 것들이 많은 것 같다.

이면의 보이지 않는 세계, 그러나 보이는 세상을 존재하게 하는 그 세계가 이 세상의 실체가 아닐까?

---

* 한반도 어디서나 볼 수 있는 흔한 나비인 '작은멋쟁이나비'가 최장거리를 이동하는 곤충으로 등극했다. 아프리카 사하라 사막 남쪽에서 유럽 영국과 네덜란드까지 왕복 1만 4,000킬로미터에 달하는 거리를 이동하는 것으로 나타났다. (출처 : 이코리아, https://www.ekoreanews.co.kr)

- 작은멋쟁이나비, 사하라 넘고 지중해 건너 1만 4000km 이동한다

- 공존하며 살아가는 개미와 나비

작가 인터뷰

이 책을 출간하게 된 계기는 무엇인가요?

시를 통해 삶의 다양한 감정과 경험들을 공유하고자 했어요. 소외된 우리 사회의 고통들도 알리고 싶었고요.

또 시가 단순히 활자로만 존재하는 것이 아니라 시에 대한 작가의 설명, 그림, 음악, 영상 등을 첨부하여 독자들이 새로운 형태의 감상을 시도할 수 있길 바랐어요. 이러한 마음으로 이 책을 출간하게 되었어요.

작가님에게 시란 어떤 의미인가요?

저에게 시를 쓴다는 것은 핵심과 본질을 찾아가는 과정이에요. 그 안에서 아름다움과 긍정의 요소들을 발견하죠. 그렇게 스스로를 위로하고, 희망을 만들기 위해 시를 쓰고 있어요.

처음 시를 쓰게 된 계기가 궁금합니다.

처음 시를 접한 건 초등학교 고학년 때였어요. 아버지가 사오신 족자에 푸시킨의 '삶'이라는 시가 적혀 있었죠. 사실 그때는 그게 시인지도 몰랐어요. 그냥 좋은 문구 정도로 생각했어요. 그런데 그 글이 이상하게 마음에 오랫동안 남아 있었거든요. 어쩌면 그리 밝지 않았던 유년기와 청소년기 때문인지도 모르겠어요. 그런 가운데서도 친구들과 함께 뛰어놀았던 기억과 자연 속에서 보낸 기억들이 정서적으로 큰 힘이 되었어요. 지금도 그때를 떠올리면 행복하고 평온한 기분이 들어요. 기억의 선물 상자 속에 간직된 선물 같다고나 할까요. 학창 시절에 글짓기 대회에서 상을 받고 시에 대한 관심이 더욱 깊어졌어요. 그렇게 시와 가까운 삶을 살게 되었죠.

이민자로서의 삶이 시 쓰기에 어떤 영향을 미쳤나요?

최혜진 작가가 인터뷰에서 "외국에서 처음 생활하면서 어린이가 되는 경험을 한 적이 있다"라고 말한 적이 있어요. 어린이는 주류사회가 인정하는 방식으로 자신의 감정이나 생각을 설명하거나 변호하기가 어려워요. 특히나 함께하는 동료가 없다면 더욱 힘들고요. 그런데 사실 이런 상황에서 오히려 더 깊이 있는 감정들을 경험할 수 있어요. 평소라면 지나쳤을 감정들이 더욱 세세하게 다가오기도 하고요. 저도 이민자로 살면서 저를 더욱 성찰하게 되었죠. 이방인으로 살아가며 겪는 외로움이 시에도 담겼다고 생각해요.

타인과 사회에 대한 고통에 관심을 두게 된 개인적인 체험이 궁금합니다.

아버지께서 젊으셨을 때 교사셨어요. 아이들과 젊은이들에게 특별히 관심이 많으셨고요. 신문 배달을 오던 학생에게 빵과 우유를 사주시며 격려하시던 기억도 있어요. 그래서 저도 자연스럽게 주변에 관심이 생겼어요. 또 크리스천으로서 힘든 사람이 있으면 도와주는 것이 일상이 되었어요.

자연스럽게 사회 문제로도 관심이 확대되더라고요. 우리 사회가 왜 점점 더 각박해지고 힘들어지는 건지, 그 근본 원인과 해결 방법을 찾고 싶었어요. 유튜브나 다큐멘터리를 통해 노숙인, 쪽방촌이나 고시원에 사는 사람들의 이야기, 택배 노동의 현실, 은둔, 고독사 같은 문제들을 접하게 되었어요. 특히 어린 여자아이들이 신부로 팔려 가는 비극적인 모습을 보았는데 그 아이들의 눈빛이 잊히지 않아요. 슬픔과 두려움을 넘어 세상의 모든 것을 포기한 듯 초점을 잃어버린 눈이었거든요. 이런 문제를 마주할 때마다 좀 더 나은 사회를 만들 방법은 없을지 고민하게 돼요.

작가님의 시를 들려주고 싶은 사람이 있다면 누구인가요?

고통과 상처가 있는 분, 혹은 힘든 시기를 지나고 있는 분들에게 제 시를 들려주고 싶어요. 책에 반복적으로 나오는 문구들이 있어요. '내 인생은 왜 이럴까?', '세상은 공평한가?', '희망은 있는가?' 이런 의문들을 가진 분들이라면 제 시에서 공감되는 부분이 있을 거예요. 가능하다면 모든 연령층에게 들려주고 싶기도 해요. 위로는 모두에게 필요한 것이니까요.

가장 애착이 가는 작품과 그 이유는 무엇인가요?

'1340 말없이 지다'라는 시에 가장 애착이 가요. 쓰면서 가장 마음이 아팠거든요. 고독사는 상황이나 조건의 문제가 아니라고 생각해요. 더 이상 돌이킬 수 없는 '끝'에 대한 이야기이자, 인간의 존엄성에 대해 생각하게 하는 문제예요. 그런데 이제는 특별한 소수가 아닌 우리의 문제가 될 수도 있어요. 1인 가구 비율과 홀로 사는 노인도 늘어나고 있고요. 더 이상 개인만의 문제가 아니라 깊은 관심과 지원이 필요한 시대적, 사회적 문제예요.

시를 쓰면서 가장 위로받았던 순간은 언제인가요?

시를 쓰는 모든 순간에 만족하고 있어요. 앞서 말씀드렸듯 저에게 시를 쓰는 건 내면의 질문에 대한 답을 찾는 과정이거든요. 그중 한순간을 꼽아보자면 '오렌지 꽃 향기 날릴 때'라는 시를 쓸 때를 꼽고 싶어요. 사람은 누구나 자기 말을 있는 그대로 받아줄 대상이 그리울 때가 있어요. 더 나아가 말이 통하는 사람을 만나고 싶어 하죠. 말은 언어의 문제가 아니에요. 가족끼리도 말이 안 통하는 경우가 많잖아요. 그래서 자기 생각을 나눌 수 있는 사람을 만나는 건 큰 기쁨이죠.

'오렌지 꽃 향기 날릴 때'의 1연에는 가상 인물과 공간이 나오고, 2연에는 떨어져 있는 그리운 형제자매들과 고향의 모습이 나와요. 3연에서는 좀 더 능동적인 미래의 배경으로 시적 화자의 희망과 결심이 나오고요. 문학에서는 현실을 뛰어넘어 원하는 가상의 세계나 미래로도 갈 수 있어요. 시를 쓰면서 시공간의 제약을 받지 않는 특권을 누렸죠.

시와 산문, 추천 음악 및 영상, 사진, 필사 페이지까지 책의 구성이 다채롭습니다. 어떻게 이런 기획을 하게 되셨나요?

현대 시들이 감상하기 너무 어렵더라고요. 문학을 좋아하는 편인데도 의미를 이해하기 어려울 때가 있었어요. 해석하다 보면 시를 음미하기도 전에 지치는 기분이 들었어요. 게다가 요즘 세대들은 쇼츠나 틱톡 같은 짧은 영상에 익숙해져 있잖아요. 그래서 시에 더욱 쉽게 접근할 수 있도록 음악, 그림, 사진, 동영상 같은 요소를 추가하여 공감각적으로 감상할 수 있는 시집을 만들게 됐어요.

예를 들어서 '하늘이 풍경이 되는 마을이 있다' 같은 시는 첨부된 영상을 함께 감상하며 읽으면 완전히 다른 감동을 느낄 수 있을 거예요. 저작권과 재정적 문제가 있어 동영상 제작법을 고민하다가 링크 첨부로 참조 영상을 제공하는 방식을 선택했어요. 덕분에 더욱 풍성한 이야기를 전달할 수 있게 된 것 같아 만족스러워요.

처음에는 필사 페이지를 원하지 않았어요. 하지만 '모든 사람의 마음에는 시가 있다'라는 말에 맞게 내면에 있는 원석과 같은 감정과 사연들을 적어 보면 좋을 것 같아서 넣기로 했죠. '내 마음 받아 적기'라는 문구와 감성적인 내지 디자인을 만들어 주신 에디터님들께 감사 인사를 전하고 싶어요.

앞으로 계획 중인 다음 작품이 있나요?

계속해서 떠오르는 대로 글을 쓰고 있어요. AI와 로봇이 인간의 노동을 대신하는 시대에 접어들고 있잖아요. 이 혼돈의 시기에 잊지 말아야 하는 가치들에 대해 생각하고 있어요. 아마 다음 작품에도 이런 시대를 살아가면서 느끼는 정서와 갈등이 담기지 않을까 생각해요.

마지막으로, 힘든 시기를 겪고 있는 독자들에게 전하고 싶은 메시지가 있다면.

당신은 혼자가 아니에요. 어떤 조건이든, 어떤 환경에 있든 하늘은 늘 당신과 함께한다는 걸 잊지 마세요. 행복을 뒤로 미루지 마세요. 날마다 자신에게 작은 기쁨을 선물하고 감사할 일을 발견해 보세요. 그리고 다른 사람에게 해줄 수 있는 작은 친절을 베풀어보세요. 당신은 단 하나뿐인 소중한 존재랍니다.

작가 홈페이지

삶이 왜라고 물을 때 나는 시를 쓴다

시가 전하는 따뜻한 차 한 잔 같은 위로

발행일 2025년 3월 21일

지은이 강사라
펴낸이 마형민
기획 강채영
편집 곽하늘 강채영 김예은
디자인 김안석 구혜린
펴낸곳 주식회사 페스트북
홈페이지 festbook.co.kr
편집부 경기도 안양시 동안구 관악대로 488
씨앗트 스튜디오 경기도 안양시 동안구 안양판교로 20

ⓒ 강사라 2025

ISBN 979-11-6929-732-5 03810
값 15,000원